자세히 보아야

예쁘다

시 나태주

1945년 출생. 1971년 서울신문 신춘문예에 '대숲 아래서'로 등단했다. 1963년 공주사범학교를 졸업하고 43년의 교편생활 후 2007년 장기초등학교 교장으로 정년퇴임했다. 공주문화원장을 거쳐 풀꽃문학관을 설립했으며 풀꽃문학상을 제정하였다. 흙의문학상, 박용래문학상, 편운문학상, 한국시인협회상, 정지용문학상, 유심작품상 등을 수상했다.

엮은이 나민애

1979년 충남 공주 출생. 서울대학교에 입학하여 박사 학위를 받고, 현재 서울대학교 기초교육원 교수로 재직 중이며,《동아일보》의〈시가 깃든 삶〉주간 시평을 연재하고 있다. 2007년《문학사상》신인평론상을 통해 등단했으며 저서로는『제망아가의 사도들』『내게로 온 시 너에게 보낸다』『책 읽고 글쓰기』『반짝이지 않아도 사랑이 된다』등이 있다. 우리 시대의 정신과 감수성에 맞는 시를 찾고 소개하는 '시 큐레이터'로 활동 중이다. 나태주 시인의 딸이다.

그림 윤문영

홍익대학교 서양화과를 졸업하고, 제5회 홍익대 미술대전 최우수상을 수상했다. 제일기획 제작국장으로 300여 편의 광고를 연출했으며, 독립영화 '산이 높아 못 떠나요'로 제1회 MBC 영상문화제 대상을 수상했다.『할아버지를 기쁘게 하는 12가지 방법』『미안해, 독도 강치야』등 다양한 어린이 책에 그림을 그리고 있다.

나태주 동시

자세히 보아야 예쁘다

시 나태주 | 엮은이 나민애 | 그림 윤문영

개정판 1쇄 인쇄 2023년 5월 15일 | 개정판 1쇄 발행 2023년 6월 1일
펴낸이 정중모 | 펴낸곳 열림원어린이 | 등록 1988년 1월 21일(제406-2000-000202호)
편집장 서경진 | 편집 정혜연, 김보라 | 디자인 권순영 | 마케팅 김선규 | 홍보 최가인
온라인사업팀 서명희 | 제작 윤준수 | 관리 이원희, 고은정, 구지영
주소 경기도 파주시 회동길 152
전화 031-955-0670 | 팩스 031-955-0661 | 홈페이지 www.yolimwon.com
전자우편 bbchild@yolimwon.com
ISBN 978-89-6155-894-5 03810

©나태주, 나민애 2023

어린이제품안전특별법에 의한 제품 표시
제조자명 열림원어린이 | 제조년월 2023년 5월 | 제조국 대한민국 | 사용연령 7세 이상

자세히 보아야
예쁘다

시 나태주
엮은이 나민애
그림 윤문영

열림원어린이

세상에서 가장 예쁜 생각을

너에게 주고 싶다.

자세히 보아야 예쁘다

자세히 보아야 예쁘다. 어쩌다가 내가 이런 문장을 썼는지 모르겠습니다. 교직 생활 43년, 그리고 시 쓰기 60년. 아이들의 눈으로 세상을 바라보면서 이 말을 되풀이했던 것 같습니다. 그러다 문득 시의 한 구절이 되었습니다. 말하자면 이 문장은 아이들이 준 선물 같은 문장입니다. 그렇습니다. 아이들이 준 선물입니다. 이 문장이 들어 있는 풀꽃의 시 한 편이 아이들의 선물이고 신이 주신 선물입니다.

사람은 보는 일이 중요합니다. 인간의 오감 가운데 7할 정도가 보는 감각에서 이루어진다고 합니다. 그만큼 보는 일이 중요합니다. 보는 것을 통해서 우리의 삶이 결정되고 우리의 세상이 바뀌기도 합니다. 그러나 아무렇게나 보아서는 안 됩니다. 자세히 보고 오래 보아야 합니다. 그래야만 예쁘게 보이고 사랑스럽게 보입니다.

나는 시 속에 '너도 그렇다.'라는 문장도 썼습니다. 내가 쓰기는 썼지만 나 아닌 어떤 사람, 내 밖의 어떤 존재가 시켜

서 쓴 문장입니다. 그래서 나는 이 문장을 신이 주신 문장이라고 말합니다. 이 문장에서 '너'라는 말을 '나'로 고쳐 써 보면 이 시는 아무것도 쓸모없는 것이 되고 맙니다. 그만큼 '너'는 중요합니다. '나'만 바라보며 살 것이 아니라 '너'를 깊이 바라보며 살아야 합니다.

일찍이 독일의 시인 괴테는 "좋은 시란 어린이에게는 노래가 되고, 청년에게는 철학이 되고, 노인에게는 인생이 되는 시다."라고 말했습니다. 나는 오랫동안 시를 쓰면서 그런 말에 알맞은 시를 한 편이라도 써 보고 싶었습니다. 어쩌다 그 마음이 〈풀꽃〉 같은 시 한 편이 되었으니 참으로 고맙고 감사한 일입니다.

나태주

✿ 다섯의 세상

✿ 창문을 연다

사랑에 답함

사랑에 답함

예쁘지 않은 것을 예쁘게
보아주는 것이 사랑이다

좋지 않은 것을 좋게
생각해주는 것이 사랑이다

싫은 것도 잘 참아주면서
처음만 그런 것이 아니라

나중까지 아주 나중까지
그렇게 하는 것이 사랑이다.

어린아이

예쁘구나
쳐다봤더니
빙긋 웃는다

귀엽구나
생각했더니
꾸벅 인사한다

하느님 보여주시는
그 나라가
따로 없다.

외할머니

시방도 기다리고 계실 것이다
외할머니는

손자들이
오나오나 해서
흰옷 입고 흰 버선 신고

조마조마
고목나무 아래
오두막집에서

손자들이 오면 주려고
물렁감도 따다 놓으시고
상수리묵도 쑤어 두시고

오나오나 혹시나 해서
고갯마루에 올라
들길을 보며

조마조마 혼자서

기다리고 계실 것이다

시방도 언덕에 서서만 계실 것이다

흰옷 입은 외할머니는.

감꽃

바람이 많이 부는 날은
감꽃이 많이 떨어졌다

바람이 잠든 새벽 아침에
아이들은 깨어
뿌연 물안개 속에
바구니 하나씩 들고 감꽃을 주우러
감나무 밑으로 모인다

감나무 아래
가슴 두근거리며 두근거리며
아이들을 기다리고 있는 하얀 감꽃들

바구니 하나 가득 감꽃을 주워 들고
돌아오는 뿌듯한 이 기쁨!

이 감꽃으로 무엇을 할까?

입안에 집어넣고 자근자근 씹으면
떨떠름하고 달착지근한 감꽃 내음
실에 꿰어 목에 걸면
화안한 꽃다발

야, 내가 왕자님 같잖아!
갑자기 가슴이 밝아오는
아아 웃는 얼굴

바람이 많이 부는 날
바람 소리 속에 아이들은
일찍일찍 잠들곤 했다
새벽에 일어나
감꽃을 주우러 가야 하기 때문이다.

겨울밤1

아가아, 자니이?
아니요
여우 우는 소리 좀 들어 봐
아까부터 듣고 있는걸요…….

나도 여우 우는 소리에 잠 깨었는데
메마른 울타리가 잠 못 들고
부석대는 밤,
잠 깨인 할머니가 무서우신가
자꾸만 말을 시키신다

아가아
으으응……
옛날 얘기 하나 해 줄까?
……
따뜻한 장판방 아랫목
이불 속으로 기어들면서 기어들면서…….

뒷동산 고목나무에 부엉이가 우는 밤,

부엉이 따라 여우도 따라와 우는 밤,

겨울밤은 길고 길었다.

오월 아침

가지마다 돋아난
나뭇잎을 바라보고 있으려면
눈썹이 파랗게 물들 것만 같네요

빛나는 하늘을 바라보고 있으려면
금세 나의 가슴도
바다같이 호수같이
열릴 것만 같네요

돌덤불 사이 흐르는
시냇물 소리를 듣고 있으려면
내 마음도 병아리 떼같이
종알종알 노래할 것 같네요

봄비 맞고 새로 나온 나뭇잎을 만져 보면

손끝에라도 금시

예쁜 나뭇잎이 하나

새파랗게 돋아날 것만 같네요.

경이 눈 속에는

경이 눈 속에는
노오란 노오란
개나리 울타리가
잠들어 있네요.
초가집이 한 채 그 가운데
예쁘게 눈썹을 내리깔고
잠들어 있네요

경이 눈 속에는
깊은 밤중에만 몰래 별들이
멱감고 나오는 옹달샘이
하나 가득 고여 있네요

하얀 솜구름같이 피어오르던
왕자님의 아카시아꽃 숲이
어지러이 바람에

설레고

아아,

경이 눈 속에는

내 얼굴이 웃고 있네요.

학교 가던 아이는 죽어

웃으며 손잡고
학교 가던 아이는 죽어
학교 앞 신호등이 되고

친구와 배를 타고
학교 가던 아이는 죽어
학교 앞 개울의 다리가 되고

동생과 손잡고
학교 가던 아이는 죽어
학교 앞 행길가의 표지판 된다.

우리 아기 새로 나는 이는

우리 아기 새로 나는 이는
서투른 농부가 심어 둔 논바닥의 허틀모

누가 허틀모 심어 주더나?
하느님이 허틀모 심어 주셨지

우리 아기 새로 나는 이는
썽글썽글 못생긴 옥수수알

누가 옥수수알 심어 주더나?
하느님이 옥수수알 심어 주셨지.

지구를 한 바퀴

아빠는 일터에 나가고
혼자서 아기 키우는 엄마

아기를 재워 놓고
기저귀 빨려고
들샘에 가서는
아기 혼자 깨어 우는 소리
귀에 쟁쟁 못이 박혀서
갖추갖추 빨랫감 헹궈 가지고
지구를 한 바퀴 돌아오듯
바쁘게 돌아옵니다

마늘밭 지나 보리밭 지나
교회 앞마당을 질러옵니다.

대화

우리 딸아이보다 더 예쁜
여자아이를 이적지 본 적이 없어요
그건 나도 그래요

어느 날 딸아이 어렸을 적
사진 꺼내 놓고 아내와 내가
구시렁구시렁.

엄마의 소원

아기가 자라면
엄마는 늙고

엄마는 늙어도
아기는 자라야 하고

엄마의 소원은
아기가 잘 자라는 것뿐…….

제비

지지배배
지지배배

윤이는 오빠
민애는 동생

윤이네 집에 집을 짓자
민애네 집에 집을 짓자.

귤

시장바닥에 흐드러지게 나와 팔리는
귤을 보면 슬퍼진다
옛날에 그 귀하던 것이 저러이
흔전만전 나와 푸대접을 받고 있구나
저것들 키운 농부의 노고는 오죽했으며
저것들 팔기 위해 떨고 있는
아주머니의 추위는 또 얼마나 모진 것이랴
더구나 저것들 키운
제주도의 햇볕은 얼마나 또
빛나고 눈부셨으랴.

누나 생각

조그만 새였나 보다 은빛 날개를 가진
누나는 어여쁜 새였나 보다
고개 마루 올라설 때까지 뒤따라오며
지절거리다가 속삭여 주다가

뒤돌아보면 포르르 사라져 버린
누나는 무지갯빛 바람개비
누나야 누나야 오늘도 언덕에 올라
혼자서 불러 본다 고운 이름아.

제비꽃 1

그대 떠난 자리에
나 혼자 남아
쓸쓸한 날
제비꽃이 피었습니다
다른 날보다 더 예쁘게
피었습니다.

봄

딸기밭 비닐하우스 안에서
아기 울음소리 들린다
응애 응애 응애

아기는 보이지 않고
새빨갛게 익은 딸기들만
따스한 햇볕에
배꼽을 내놓고 놀고 있다

응애 응애 응애
아기 울음소리
다시 들리기 시작한다.

개구리

아침 출근길
개구리를 보았다

검정 통고무신 신고
풀섶길 논두렁길 걷다 보면
발등 위에 찌익
선뜩한 오줌 줄기
제멋대로 내갈기며
도망치던 녀석
퉁방울 눈과 기다란 혀를 가진
풀밭의 주인이요
더운 여름날의 뛰어난
노래꾼

어려서 인사 없이 헤어졌던
그 동무를 오늘 아침 나는
다시 만났다.

참새

참새야
내 손바닥에 앉아다오,

네가 바란다면
내 손바닥은 잔디밭

네가 바란다면
내 손가락은 마른 나뭇가지

참말로 네가 바란다면
내 입술은 꽃잎, 잘 익은 까치밥

참새야
내 머리 위에 앉아다오,

네가 바란다면
내 머리칼은 겨울 수풀, 아무도 모르는.

제비꽃 2

아직도 나를 기다려
고개 숙인 철부지 소녀.

아이

못생겨서 귀여운 아이

눈이 너무 작구나.

수족관의 물고기

죽지 못해 사는 목숨입니다

죽기 위해 사는 목숨입니다

죽고 싶어도 죽어지지 않는 목숨입니다.

같이 갑시다

저녁밥 먹고
산개구리 울음소리
만나러 가는 길

나도 같이 갑시다

하늘 한가운데
달님도 빙긋 웃으며
따라나서는데

울너머 활짝 핀
살구꽃이 덩달아
어깨짬을 들먹이네.

봄철의 입맛

문득
씀바귀 나물이
먹고 싶다

싸아 하니
입안 가득 감겨오는
쌉쌀한 씀바귀 나물의 혀

씀바귀 나물에선
외할머니 냄새가 난다

씀바귀 나물에선
어린 날의 냄새가 난다

아아

느릿느릿 허물 벗고 나서는

새 햇빛 앞세워

새로 어린 날,

새 옷 사달래서 호사하고

오랜만에 외할머니 만나러

외갓집에 가고 싶다.

아기 해님

하루 세상
구경 다 했다고
너울너울
나뭇잎새 사이
손을 흔들며
집 찾아가는 아기 해님

달이 뜨면 무서워
별이 뜨면 무서워
애들아 내일 다시 만나
재밌게 놀자,
엄마가 찾으러 오기 전에
산 넘어가는 아기 해님.

저녁때

날 저문
골목 어귀

나뭇잎 하나
굴러간다

잎새야
잎새야
너의 집은 어디냐?

바람 부는
마을 어귀
아이 하나
울고 간다

아이야

아이야

너의 엄마 어딨니?

민애의 노래책

민애의 노래책엔
나쁜 일은 없고
좋은 일만 있다
―산토끼 한 마리, 붕어 한 마리, 귤 한 개

민애의 노래책엔
심심한 일은 없고
신나는 일만 있다
―세발자전거 타고 노는 엄마와 아빠와 오빠

민애의 노래책엔

슬픈 일은 없고

즐거운 일만 있다

ㅡ숨바꼭질하는 해님과 달님과 별님

민애의 노래책엔

미운 것은 없고

이쁜 것만 있다

ㅡ색종이로 만든 나라, 그 나라의 왕자님.

비 오는 아침

팔랑팔랑
노랑나비 한 마리
춤을 추며
날아갑니다

살랑살랑
노랑 팬지꽃 한 송이
노래하며
걸어갑니다

우리집 딸아이
노랑 우산 들고 가는
아침 등굣길

옷 벗고 치운 봄날
비 오는 아침.

고드름

아빠, 고드름이 많이 열리는 집이
행복이 많이 찾아오는 집이라면서?
그럼, 그럼,
우리 집이야말로 행복이
많이 찾아오는 집이고말고
봄이 와도 고드름이
쉽게 녹지 않는 우리집
그늘져 산 아래 마을
고드름 부자 우리집.

수학여행 길

오늘도 하루
삼백칠십 원어치
아침 수학여행 길
새로운 산과 강과 하늘과
나무와 만나고
다시 삼백칠십 원어치
저녁 수학여행 길
만났던 산과 강과 하늘과
나무와 이별하고
돌아와 고단한 하루
날개를 접는다.

어린아이로

어린아이로 남아 있고 싶다

나이를 먹는 것과는 무관하게

어린아이로 남아 있고 싶다

어린아이의 철없음

어린아이의 설레임

어린아이의 투정

어린아이의 슬픔과 기쁨

그리고 놀라움

끝끝내 그것으로 세상을 보고 싶다

끝끝내 그것으로 세상을 건너가고 싶다

있는 대로 보고 들을 수 있고

듣고 본 대로 느낄 수 있는

그리고 말할 수 있는

어린아이의 가슴과 귀와 눈과

입술이고 싶다.

차마

머칠을 두고
파리 한 마리
잡지 않았다

여름방학을 하여
아이들 없는 시골 초등학교
이층에서도 교장실
오직 살아 숨쉬는 것은
저와 나, 둘뿐이기에

머칠을 두고
파리채를 차마
들지 못했다.

얘들아 반갑다

아침마다 문을 조금씩 열어 놓는다
혹시나 유리창에 가려 방 안으로
들어오지 못하는 수줍은 햇빛들도 들어오게 하고
바람이며 새소리도 조금 들어오게 하기 위해서다

바람을 따라 먼지 같은 것도
덤으로 들어온들 어떠랴!
들어와 나랑 함께 잠시 놀다가 다시
밖으로 나가면 될 일 아니겠나?

현관 쪽으로 난 문도 빵긋이 조금 열어 놓는다
아이들 떠드는 소리 아이들 후당탕거리며
지나가는 발자국 소리들도 조금 들어와
내 마음속에 잠시 머물러 놀다 가기를
바라는 마음에서다

얘들아, 반갑다

다 반갑다.

상쾌

시골 살면서도 꽃 한 포기 가꿀 줄 모르고
풀 한 포기 뽑을 줄 모르는 시골 아이들 위해
아이들과 함께 학교 처마 밑 좁은 땅에
봉숭아꽃을 심고 학교 실습지 한 귀퉁이에
고구마 순을 묻었다

봉숭아꽃을 심으며 꽃이 피면
손톱에 꽃물 들여주고
고구마 순을 묻으며 가을 오면
함께 고구마를 캐보자고 약속했다

아이들은 길길이 뛰면서 좋아했다
초등학교 2학년 어떤 아이는
가슴이 상쾌하다고 말했다
상쾌란 말이 무슨 뜻인지 알고나
하는 말이었을까?

아이들 가슴속에 가을이

먼저 와 있었다.

낙서1

1학년 아이들 자주 오가는
교실 모퉁이
메꽃 줄기 기운차게 솟아올라 기어오르는
시멘트 담장
1학년 아이들 짓이 분명한
토끼집 개굴개굴 도레미
이제 마악 글자 깨쳐 가는 아이들이
선생님 쓰시는 분필 도막 훔쳐내
누가 볼까 조마조마 숨어서 했을 낙서
얼마나 귀여운 낙서인가
못된 욕설이 아니어서 얼마나 다행스러운가
야외 변소에서 풍겨오는 오줌 지린내를 맡으며
머리 위로 쏟아지는 처마 밑 참새 울음소리를 들으며
나는 자꾸 웃음이 나왔다
낙서를 지우면서 자꾸 웃음이 나왔다.

낙서 2

새로 발령받아
찾아간
산골학교

수세식 화장실 없어
푸세식 변소만 있는
학교

남자 소변기 있는
벽 위에 흐릿한 글씨
삐뚤삐뚤한 글씨로
쓰인 낙서

—양호선생님 배꼽은
누룽지 배꼽

우리 학교 선생님 가운데
제일로 예쁘고 상냥한
선생님이 양호선생님이라는 걸
내게 살짝 귓속말로
알려주는 녀석이 있었구나!

─양호선생님 배꼽은
누룽지 배꼽

오줌 지린내
똥 구린내조차
정겹게 느껴졌다.

하나

하나로 만족하지 못하는 사람은
둘이나 셋으로 만족하지 못하고
백이나 천으로는 더욱
만족하지 못한다
그만큼 하나는 큰 수이다

한 번 잘못한 사람은
두번 세번 잘못하고서도 잘못한 줄 모르고
백번 천번 연거푸 잘못하고서도
잘못한 줄 모른다
그만큼 하나는 큰 수이다.

징검다리 1

봉숭아꽃이 봉숭아꽃인 줄 모르는
아이들에게도 봉숭아꽃이
어떠한 꽃인지 알려주어야 한다

봉숭아꽃 봉숭아꽃
소리내어 이름을 불러줄 때마다
아이들 마음속으로 하나씩 놓이는
징검다리

그 징검다리를 타고 건너오는
풀덤불과 소낙비와 봉숭아꽃
빨가장이 입술

아이들은 제 마음속 징검다리가
끝난 곳쯤에서 징검다리를
새로 더 놓으며 멀리 아주
멀리까지 가기도 할 것이다.

징검다리 2

올해도 어김없이 후투티가 돌아와
헛간채 나무기둥 사이 둥지를 틀고
새 식구 불려 초록의 들판 위를 난다

그러나 후투티가 후투티인 줄 사람들이
알지 못하므로 후투티는 그저
잡새의 하늘을 날 뿐

후투티가 후투티인 줄 아는 사람들의
마음속 가느른 길을 따라서만
올해도 살그머니 왔다가
살그머니 돌아간다, 후투티.

참 좋은 날

오늘은 중요한 약속이 있다

아이들과 꽃밭에 꽃모종을 하기로 한 약속
꽃모종을 하고 나서
글짓기도 하기로 한 약속
시간이 남으면 들길로 나가 풀꽃
그림도 그리기로 한 약속

아이들과의 약속은 나를 하늘에 떠 있는
흰구름 배가 되어 흘러가도록 해준다
그러하다, 아이들은 나를 머언 하늘로 자꾸만
밀어내는 순한 바람결이다

아이들이 나를 기다리고 있다
오늘은 참 좋은 날이다.

동심

꽃은 나무나 풀에만
피는 것이라고 말했다
아이들은 아니라고 그랬다
사람도 꽃그림이 들어 있는
옷을 입으면 사람에게도
꽃이 피는 것이고
예쁜 여자아이
두 볼이 빨개지면
그것도 꽃이 된다고
그랬다
살아 있는 것은
모두 움직인다고 일러줬다
그렇다면 바람과 물도
살아 있나요?
살아 있는 것은 숨을 쉬거나
무엇인가를 먹고 자란다고

일러줬다

그렇다면 구름과 불도

살아 있나요?

아니라고 대답해 줬지만

정말로 살아 있는 것은

아이들 말대로

바람과 물과 구름과 불이 아닐까

아이들 모르게 혼자

중얼거려 보았다.

다섯의 세상

지구

지구는 하나의 꽃병

꽃 한 송이 꽂으면
밝아오고

물 한 모금 뿌려주면
더욱 밝아오지만

꽃 한 송이 시들면
금방 어두워진다

지구는 하나의
조그만 꽃병.

리트머스 시험지

나는 리트머스 시험지
쉬이 물이 들고 후질러지는
리트머스 시험지
매일같이 한 장씩
새 걸 꺼내 들고 떠나지만
한나절도 못 가 지레 먹물이 들고
핏물이 들어
못 쓰게 된다
그리하여 정작 써야 될 때
쓰지 못하게 된다
하느님,
제가 가진 리트머스 시험지
다 후질러지면 돌아가겠습니다
당신 나라로 돌아가겠습니다.

세 살

어진이는 만으로 세 살
말썽 부리기 좋은 나이

이번 주말엔 할아버지네 집에 와서
세 가지나 일을 저질렀다

춤을 추다가 할머니가 아끼는
화분을 두 개나 엎질러 먹고

할아버지가 쓰는 지우개 달린
연필을 물어뜯어 망가뜨려 놓았다

그래도 할머니는 야단치지 않는다
할아버지도 웃기만 한다.

꽃신

꽃을 신고 오시는 이
누구십니까?

아, 저만큼
봄님이시군요!

어렵게 어렵게 찾아왔다가
잠시 있다 떠나가는 봄

짧기에 더욱 안타깝고
안쓰러운 사랑

사랑아 너도 갈 때는
꽃신 신고 가거라.

첫 친구
— 현명이 1

현명이는
첫 친구

얼굴도 제일 먼저 익히고
이름도 제일 먼저 알았다

현명이는
<소망의 집>에 들어서
사는 아이

학년은 3학년이지만
하는 짓은 세 살이나
네 살밖에 되지 않는다

이름도 대지 못하고
나이도 모르는 현명이

내가 모자를 쓰고 있을 때는
아저씨라 말하고
모자를 벗고 있으면
선생님이라 말한다

그러나 다음날은
그것도 깡그리 잊어버리고 마는
현명이

현명이는
첫 친구

현명이에겐
날마다가 새날이고
그래서 현명이는 날마다
새롭게 태어나는 아이이다.

나이
― 현명이 2

현명이는
열한 살

어디로 나이를
먹었느냐 물으면
입으로 먹었다고
입을 가리킨다

나이를 먹어 보니
맛이 어떻더냐 물으면
맛이 아주 좋았다고 말하는
현명이

그러면서 내게도
몇 살이냐 묻는다

쉰 하고서도
다섯 살이라 말하면
자꾸만 스물다섯이라고
나이를 고쳐서
말해주는 현명이

쉰다섯과
스물다섯을 구별하지
못하는 것이다

그래, 나도
스물다섯 살쯤이었으면
좋겠다.

이른 봄

나뭇가지에

둑길에

강물 위에

하늘, 구름에

수채화 물감으로

번지는

햇살

방글방글

배추 속배기로

웃는 아가

웃음

밝은 나라로

더 밝은 나라로.

한 사람 건너

한 사람 건너 한 사람
다시 한 사람 건너 또 한 사람

아기 보듯 너를 본다

찡그린 이마
앙다문 입술

무슨 마음 불편한 일이라도
있는 것이냐?

꽃을 보듯 너를 본다.

다락방

이담에 집을 마련한다면
지붕 위에 다락방 하나 달린 집을
마련하겠습니다
문틈으로 하늘 구름도 잘 보이고
바람의 옷소매도 잘 보일 뿐더러
밤이면 별들이 하나 둘 돋아나는 것도
곧잘 볼 수 있는
그러한 다락방을 하나
마련하겠습니다
그리하여 속상하거나 답답한 날은
다락방에 꽁꽁 숨으렵니다
그대도 짐작 못하고
하느님도 찾지 못하시도록.

느낌1

달이 너무 밝아

잠 깬 자벌레 한 마리

배추잎이 들판인 줄 알고

헤매다니다가

어메나 저게 뭐라냐?

보름달을 보며 키재기한다

달이 점점

으스러진다.

풍금

어느 먼 곳에서
내 이름 부르는
소리

솔바람 소린가 하면
바닷소리이고
바닷소린가 하면
아, 어머니

해 저물어
젊으신 어머니
어린 나 부르는
소리.

할아버지 어린 시절 1

밤에 휘파람 불면 뱀이 나온단다
문지방 밟으면 엄마가 죽는단다
머리통 뒤로 손깍지 껴도 엄마가 죽는단다
또, 생쌀을 먹어도 엄마가 죽는단다
옛이야기 너무 좋아하면 가난하게 산단다
너는 진다리 밑에서 주워 온 아이란다

할머니 말씀이 정말인 줄 알고
혼자서만 겁이 나고 걱정되었던
키 작은 남자아이
그것이 할아버지 어린 모습이었단다.

아기를 위하여 1

아무리 보잘것없는 여자라도 엄마가 되면
세상에서 가장 아름다운 사람이 됩니다
그것은 그 여자의 아이에겐 그 여자가
이 세상에서 가장 아름다운 사람으로 보이기 때문입니다

아무리 보잘것없는 여자라도 엄마가 되면
세상에서 가장 유식한 사람이 됩니다
그것은 그 여자의 아이에겐 그 여자가
이 세상에서 가장 많은 걸 아는 사람으로 보이기 때문입니다

아무리 보잘것없는 여자라도 엄마가 되면
세상에서 가장 소중한 사람이 됩니다
그것은 그 여자의 아이에겐 그 여자가
이 세상에서 가장 소중한 사람으로 자리 잡기 때문입니다

그렇습니다

어떤 아이들에게 있어서도 자기의 엄마는

세상에서 가장 소중한 사람이요

세상에서 가장 정다운 사람이요

세상에서 가장 많은 걸 아는 사람이요

세상에서 가장 너그러운 사람이요

세상에서 가장 아름다운 사람입니다

그래서 세상의 모든 여자들은

엄마가 되기만 하면

이 세상에서 가장 훌륭한 사람으로

다시 태어나게 됩니다.

아기를 위하여 2

어느 날 엄마가 아기에게 야단을 쳤습니다
무언가 아기가 잘못한 일이 있었던가 봅니다
엄마는 열심히 말하고
열심히 나무라는데
아기는 너무 어려
엄마의 말을 알아듣지 못하고
엄마를 말똥말똥 쳐다봅니다
우리 엄마가 왜 갑자기 저러는 걸까?
아기는 엄마가 낯선 사람같이만 생각됩니다
여전히 아기는 엄마를 쳐다봅니다
그 눈에 가득 눈물이 고였습니다

엄마는 그때 깨닫습니다

아기가 잘못한 것이 아니라

자기가 잘못했다는 것을

아기가 사는 나라와 그 나라의 꿈과 생각을

오히려 엄마가 몰랐다는 것을

비로소 아기와 엄마의 마음이 하나가 됩니다.

개밥별

맑은 겨울 초저녁 하늘에
누가 걸어 놓았나?
밝은 등불 하나

외할머니 어머니
저녁밥 먹고
개밥 챙겨줄 때
바라보던 별

좋은 세상이다
잘 살아라
부탁의 말씀도 함께
걸어 두셨다.

다섯의 세상

세 돌이 채 되지 못한
우리 손자 어진이가
알고 있는 숫자 가운데
가장 큰 숫자는 다섯
손가락 다섯 개의
바로 그 다섯

얼마나 맛있느냐 물으면
손가락 다섯 개를 활짝 펴 보이고
얼마나 추웠느냐 물어도
손가락 다섯 개를
활짝 펴 보이며 웃는다

손가락 다섯 개로 표현되는 세상이여
아름다운 지고 거룩한 지고
욕심 없는 그 나라의 셈법이여.

어진이와 민들레

어진이 어진이 우리 어진이
민들레 꽃밭에 논다
민들레 꽃 되어 논다

민들레 엄마민들레
꺾어서 후후 입으로 불며
홀씨야 멀리 가거라

어진이 어진이 우리 어진이
민들레 꽃밭에 또 하나
민들레 꽃 되어서 논다.

활^짝

진달래~꽃 활^짝 피었습니다
개나리~꽃 활^짝 피었습니다
민들레~꽃 활^짝 피었습니다

끝이 없이 이어지는
꽃들의 행렬
어진이 노래 속에
활짝 피어서
웃고 있는 꽃들의 물결

어진아 어진아
노래 좀 다시 해 볼래?
부끄러워서 못해요
노래 멈춘 어진이가 또
꽃이었다.

느낌 2

또르르
이슬이 뒹구는
연 이파리
휘익 청개구리란 놈
한 마리
올라앉는다
사알짝 휘는 연 이파리
내 마음도 그 옆에서
따라서
휘어지는 게 보인다.

맑은 날1

오늘 날이 맑아서
네가 올 줄 알았다
어려서 외갓집에 찾아가면
외할머니 오두막집 문 열고
나오시면서 하시던 말씀

오늘은 멀리서 찾아온
젊고도 어여쁜 너에게
되풀이 그 말을 들려준다
오늘 날이 맑아서
네가 올 줄 알았다.

아가야 미안해

아가야 미안해
곱게 잠든 네 얼굴을 보면
엄마가 더 미안해

엄마가 왜 너에게
화를 내고 꾸중을
했는지 모르겠어

꿈나라에서라도
꾸중 듣지 말고
웃으며 뛰어 놀아라

내일 아침 네가
잠에서 깨어나면
엄마가 더 잘해 줄게.

할아버지 어린 시절 2

해마다 봄이 와서
들길을 가거나 산길을 걸을 때
호랑나비 처음 보면
그해에는 옷을 잘 얻어 입을 것이고
노랑나비 만나면
먹을 것을 잘 얻어먹겠지만
하얀 나비 처음 만나면
식구 가운데 한 사람
죽는다고 그래서 걱정하고 겁이 났던
한 아이가 있었단다

그것이 또 할아버지
어린 시절이었단다.

아기를 위하여 3

시골 외갓집에 간 아기가 목이 말랐습니다

엄마, 물 줘

엄마는 부엌에서 숭늉을 가져다

아기에게 내밉니다

그러나 아기는

도리질, 도리질입니다

마루에 걸린 거울을 가리키며

이것 같은 물, 이것 같은 물

이라고 말합니다

이것 같은 물이 무슨 물인지······.

처음부터 아기는

거울같이 맑고 차가운 물을 찾았던 건데

엄마가 쉽게 아기의 말을 알아듣지 못한 것입니다

그것은 아기가 시인의 마음을 가졌는데

엄마가 시인의 마음을 가지지 못한 때문입니다.

아기를 위하여 4

뻐꾸기 울다가 그친

여름날의 저녁때

개울가에서

산새 뻐꿍 왜 안 울어?

즈이(자기) 집으로 자러 가서 안 울어

그러면 개굴물(개울물)은

즈이 집이 어디야?

글쎄다…….

네 살배기 아기와 아빠가

주고받은 말입니다.

창문을 연다

혼자서

무리지어 피어 있는 꽃보다
두셋이서 피어 있는 꽃이
도란도란 더 의초로울 때 있다

두셋이서 피어 있는 꽃보다
오직 혼자서 피어 있는 꽃이
더 당당하고 아름다울 때 있다

너 오늘 혼자 외롭게
꽃으로 서 있음을 너무
힘들어 하지 말아라.

꽃들에게 미안하다

꽃들에게 미안하다

나무들에게 미안하다

이런 세상도 봄이랍시고

꽃과 나무들은

고운 꽃을 피우며

예쁜 새순을 내밀며

깔깔깔 웃음 터뜨리며

제 속살 모두들 드러내 보여 주고 있는데

사람들만 그 옆에서

못돼먹은 짓 막돼먹은 말

하고들 있으니

꽃들에게 미안하다

나무들에게 미안하다

그것도 대청댐 부근

우리들의 목숨의 젖줄이라고 말하는

상수원지 그 언저리에서.

아침 새소리

아침 새소리를 들으려고
어제 저녁 일부러
일찍 잠들었는데
나보다 한 발 앞장 서
잠깨어 숲을 흔들고
창을 흔들고
잠든 나를 흔들어 깨우는
새소리
온, 녀석들
부지런하기도 하지.

아기 신발 가게 앞에서

세상 살맛
무척이도 없는 날은
길거리 아기 신발 가게를 찾아가
유리창 안에 갇힌
아기 신발들을 바라본다
조그맣고 예쁘고 고운 아기 신발들에
담겨질 만큼의 사랑과 기쁨과
세상 살 재미들을 요량해 본다
저 신발의 임자는 누구일까……
저 신발을 신고 걸어다닐
조그맣고 보드라운 맨발을 가진
어린 사람은 누구일까……

유리창 너머 풀밭 사잇길로

아기가 웃으며 걸어온다

아기는 구름 모자를 썼다

아기는 바람의 옷을 입었다

아가, 이리 온

소리내어 부르자 아기는 사라지고

차디찬 유리창만이 내 앞을

막아설 뿐.

날마다 소풍날

— 제주기행

학교 파한 아이들

자전거 타고

혹은 걸어서

친구들이랑 어울려서

혹은 혼자서

책가방 그대로 들고

혹은 과자 봉지 사들고

방파제를 따라서

소풍을 간다

방파제 끝에서

바람이 부르는가

파도가 부르는가

학교 파한 섬 아이들

소풍을 간다

날마다 소풍을 간다

하기사 이 세상은

소풍날

날마다 소풍날

잘 살다 가거라

좋은 세상 좋게 살다

가거라.

시월

골목길 들어설 때
물방울 튀기듯
쏟아지는 피아노 소리

아!

가슴을 쓸며
올려다보는 하늘에
감 알이 하나
익어 있었다.

풀꽃 2

이름을 알고 나면 이웃이 되고
색깔을 알고 나면 친구가 되고
모양까지 알고 나면 연인이 된다
아, 이것은 비밀.

풀꽃 3

기죽지 말고 살아 봐
꽃 피워 봐
참 좋아.

백두산 가는 길

가도 가도 수풀
가도 가도 먼지 날리는 길

함부로 그 살을
열지 말라

함부로 그 마음
허락치 말라
*
졸지 않으리라

눈에 띄는 것 나무 하나
풀포기 하나 놓치지 않으리라

내 오늘 이 길을 지났으니
돌아가 살면서
투정하지 않으리라.

까치밥

하늘
심장이
상처나

뚝
뚝
뚝

새빨간 피
떨어뜨렸네

설화雪花 뒤집어쓴
감나무 가지
끝

대롱대롱

까치밥으로 남긴

홍시

쩌르르

손끝

저리다.

낮달

달밤에 아기가
엄마 등에 업혀서 먼 길 가다가
잠이 드는 바람에 고무신
한 짝을 잃었습니다

하늘이 안쓰럽게 여겨
그 고무신 주워다가 가슴에
품었습니다

아기야, 네 고무신 한 짝
찾아가거라.

아기

아직은
이승 사람이 아니네

젖을 먹을 때
웃을 때
잠 잘 때

허공에 헛발질
헛주먹질 할 때
더욱 그렇네.

맑은 날 2

개울물을 바라본다
맑고 깨끗한 물
어! 물고기가 있네

물고기가 헤엄친다
내 마음속에도
맑은 물이 흐르고
물고기가 헤엄친다

오늘은 모처럼 맑은 하늘
나도 이제는 물고기
하늘 바다에 헤엄친다.

엄마

하나의 단풍잎 속에
푸른 나뭇잎이 있고
아기 나뭇잎이 있고
새싹이 숨어 있듯이

우리 엄마 속에
아줌마가 살고 있고
아가씨가 살고 있고
여학생이 살고 있고
또 어린 아기가 살고 있어요

그 모든 엄마를 나는
사랑해요.

가을

댑싸리 울 밖
두엄자리 옆
탑새기 깔고 앉아
저승꽃이 핀
할머니의 손이
까는 콩깍지
콩깍지 안에 조로록
여문 콩알들
세 개 중에 한 개는
여물이 덜 든 쭉정이
내 새끼야
그래도 버릴 수 없는
내 새끼야.

개화

우리 아기 아는 말은
딱 한마디 엄마라는 말

엄마 손 잡고 길을 가다가
손가락으로 가리키며
엄마, 엄마 부를 때

집들도 꽃으로 피어나고
나무도 꽃으로 피어나고
담장 위의 나팔꽃도 꽃으로 피어나고
하늘도 꽃으로 피어난다

엄마도 정말
엄마란 꽃으로 피어난다.

되고 싶은 사람

너는 커서 무엇이 될래?
무엇 하는 사람이 될 거니?
어른들은 나만 보면
귀찮게 물어요

엄마 아빠 아는 어른들은
더욱 그렇게 물어요
그럴 때마다 나는
대답을 못해요

내가 되고 싶은 사람을
나는 아직 정하지 못했거든요
마땅히 되고 싶은 사람이
나에겐 아직 없기도 하구요

나는 혼자서 생각해 봐요
내가 되고 싶은 사람은
어떤 사람일까?

나는 그냥 사람 같은 사람이
되고 싶어요
그냥 내가 되고 싶어요.

일기숙제
— 초등학교 2학년 일기장

여름방학 숙제로
일기 쓰기

그날은 아무것도
쓸거리가 없었어요

우리 집은 아빠가 선생질을 하여
근근이 먹고 산다

엄마가 장난감 사달라
조를 때마다 들려주던 말

담임 선생님이 보시고
빨간 줄 쳐서 일기장 돌려주셨어요

빙그레 웃으시며
아무 말씀도 안 하셨어요.

창문을 연다

나는 지금 창문을 연다
창문을 열고
어두운 밤하늘의 별들을 본다

밤하늘에 빛나는 별들
그 가운데서 제일로
예쁜 별 하나를 골라 나는
너의 별이라고 생각해 본다

별과 함께 네가
내 마음속으로 들어온다
내 마음도 조금씩
밝아지기 시작한다

나는 이제 혼자라도
혼자가 아니다
우리는 멀리 헤어져 있어도
헤어져 있는 게 아니다

밤하늘 빛나는 별과 함께
너는 빛나는 별이다
너의 별을 따라 나도 또한
빛나는 별이다.

교회식당

나는 깔보이는 사람
아이들한테까지
깔보이는 사람

교회 식당에서
국수 먹고 나오는데
앞니 빠진 일곱 살짜리
남자아이가 말을 건다
할아버지, 국수 맛있었어?
그래 나도 국수 맛있었단다

오늘 나는 아이들한테까지
깔보이는 사람이어서
행복하다.

다섯

아가 몇 살이야?
손가락 다섯 개를 활짝 펼치며
다섯 살!

다섯 개의 꽃이 피었구나
손가락 끝에 별이
하나씩 매달려
반짝이는구나

그 꽃을 보면서
그 별을 따라가면서
좋은 세상 잘 살아라.

팬지꽃

아직은 봄이라도 추운 날
한길 가 꽃밭에
심은 팬지꽃

팬지꽃 가운데서도
노랑 팬지꽃
노랑 팬지꽃 위에

팬지꽃 한 송이가
2층으로 피었다
한들한들 피었다

이상한데?
가까이 가 보니
그것은 노랑나비

포르르 하늘로 날아간다

나는 하늘의 꽃이에요

노랑 나비꽃.

겨울밤 2

잠이 없으신 할머니
다륵다륵
물레나 돌리시는
꾸리나 감으시는
기인 밤

꾸리 광주리에
춤추던 염주 알
뛰놀던 율무 알

외양간에 송아지
딸랑딸랑 새김질이나 하는
방울 소리나 내는
겨울밤

구유 통에 아직도

김이 오르는 여물

구수한 여물 콩 비린내.

아기를 위하여 5

아기 하나
세상에 태어나므로
세 사람이 함께 세상에
태어난다고 그럽니다.

한 사람은 아기
한 사람은 엄마
한 사람은 아빠

참으로 놀랍고
놀라운 발견입니다
참으로 놀랍고
감사한 탄생입니다

어찌 엄마가 아기 없이 저절로
엄마가 될 수 있겠습니까!
어찌 아빠가 아기 없이 저절로
아빠가 될 수 있겠습니까!
어찌 아기가 엄마 아빠 없이 혼자서
아기가 될 수 있겠습니까!

풀꽃 1

자세히 보아야
예쁘다

오래 보아야
사랑스럽다

너도 그렇다.

사랑의 마음을 읽어야 동시다

나태주의 동시집에는 어린이의 이름이 종종 등장합니다. 그중 '민애'라는 이름도 있는데 그 민애가 바로 저입니다. 민애가 등장하는 동시를 쓸 때마다 아버지는 저에게 읽어주셨습니다. 아기나 아이가 등장하는 시를 쓸 때에도 어린 저를 앉혀놓고 들려주셨습니다. 아주 어려서 동화보다 먼저 들었던 것이 동시였습니다.

아버지는 그저 시인이니까 한 일이었습니다. 아마 당신의 시를 점검하고 고쳐보려는 과정이었는지도 모릅니다. 그러나 놀랍게도 그 짧은 시들을 통해 어린 저는 많은 것을 얻었습니다. 동시를 읽으면 사랑받는 느낌이 무엇인지 확실히 알 수 있습니다. 사랑을 다시 나눠주는 기쁨이 무엇인지도 알게 됩니다. 무엇보다도 세상에서 마음이 가장 중요하고 힘이 세다는 진리를 새기게 됩니다. 나는 그것이 부모로부터 받은 최고의 유산이라고 생각합니다.

사랑의 확신과 기쁨은 자라나는 어린이가 받아야 할 햇

살이고 양분이며 축복입니다. 유년이 튼튼한 사람은 미래가 튼튼하고, 마음이 탄탄한 사람은 절망을 딛고 다시 일어설 수 있습니다. 내가 튼튼하고 탄탄한 어른이 되었다면 그건 아버지의 동시 덕분입니다. 그래서 부모가 된 지금, 나는 아버지와 똑같이 제 두 아이를 안고 동시를 읽어줍니다. 나태주 동시집에 실린 작품들은 갓 태어난 병아리처럼 보드랍고 따끈따끈하며 사랑스럽습니다. 그걸 아이와 함께 나누면, "우리는 함께야." "세상은 따뜻하고 좋은 곳이야." "너는 사랑의 아이야."라는 메시지를 전달하는 것과 같습니다. 유명한 어떤 교육보다 중요하고 바람직한 일입니다.

이 시집에는 세 층위의 아이들이 나옵니다. 하나는 시인의 마음속에 살고 있는 어린이, 다시 말해 시인 본인입니다. 둘째는 시인이 사랑하는 아들과 딸, 손자와 손녀입니다. 마지막은 시인이 40년 교사 생활을 통해 만나고 사랑했던 초등학생들입니다. 평생 동안 시인의 주위에는 소중한 어린이들이 가득했습니다. 평생 동안 시인은 진심으로 어린이들을 사랑했고, 어린이라는 존재에게 감사하는 마음을 가지고 있었습니다. 실제로 존재하는 아이들을 생각하면서 썼기 때문에 나태주 동시에 등장하는 아이들은 다 진짜의 아이들입니다. 그의 동시는 진심입니다.

동시는 마음이고 사랑이며 또한 그것의 나눔입니다. 여러분은 나태주의 동시를 읽으면서 많은 어린이를 만나게 될 겁니다. 또한 내 안의 어린이와 내 곁의 어린이들을 발견하고 이해할 수 있게 될 겁니다. 세상에 사랑의 마음보다 가치 있는 것이 어디 있겠습니까. 모든 작품을 읽을 때마다 어린이가 되어 마음을 찾아가는 기쁨을 누리시길 바랍니다.

나민애